CAMILLE fait des crêpes

Hmmm...

par
JACQUES DUQUENNOY

Pour 4 girafes :

verser 250 g
de farine
dans un plat creux.

Faire un trou
au milieu.

Casser 6 œufs.

Dans le plat,
les œufs, Camille !

Mélanger en pâte lisse.

Ajouter
en remuant doucement
2 verres et demi
de lait bouilli
avec 4 noix de beurre
et 2 pincées de sel fin.

Bien mélanger.

Pas trop fort,
Camille !

Laisser reposer
un quart d'heure.

Verser la pâte dans une poêle très chaude enduite de beurre.

Cuire
à feu vif.

C'est prêt !